Philippe **Bajolet**

Les enquêtes du commissaire Lefinaud en Lorraine

éditions du Quotidien

Illustrations : Philippe Bajolet

2015, Les Éditions du Quotidien
34, rue du Wacken
67000 Strasbourg
Tél. 03 87 34 19 79
www.lelivrechezvous.fr

Conception graphique : Sylvie Urbain

ISBN : 978-2-37164-061-0

Les enquêtes du commissaire Lefinaud

... en Lorraine

Sommaire

Les enquêtes du commissaire Lefinaud

Branle-bas de combat pour le commissaire **Lefinaud** et son fidèle adjoint l'inspecteur **Lognon**. Disponibles sept jours sur sept, par tous les temps et sur tous les chemins de la **Lorraine,** des villes et des champs, ils traquent les mauvais sujets.

Leur flair est infaillible et rien ne leur échappe, aucune piste ne résiste à leur sens de l'observation.

À vous chers amis lecteurs, d'aider ces deux fins limiers dans leurs enquêtes échevelées de la **Meurthe-et-Moselle** à la **Meuse** et de la **Moselle** aux **Vosges.**

en Lorraine

Votre esprit de déduction va être sollicité dans les quarante énigmes présentées ici. Soyez attentifs aux dessins et aux informations livrées dans les textes afin de pouvoir répondre à la question qui vous est posée à la fin de chaque énigme.

Les solutions vous sont données à la fin du livre. Maintenant plus de temps à perdre ! Le commissaire **Lefinaud** et son collègue l'inspecteur **Lognon** vous emmènent avec eux. Courage et ouvrez l'œil !

Les **routes parcourues** par les deux policiers

Voici l'itinéraire tracé par l'inspecteur Lognon qui tient un journal de bord des enquêtes menées dans notre belle Lorraine. Le problème, c'est que Lognon est parfois tête en l'air, et il a oublié de noter un certain nombre de villes sur la carte.

C'est donc votre première enquête. Vous allez devoir trouver vous-même les villes qui manquent sur ce périple dessiné par Lognon.

BON COURAGE !

LUXEMBOURG
Luxembourg
ALLEMAGNE
Saarbrücken
Longwy
Cosne-et-Romain
Longuyon
Manderen
Sierck-les-Bains
Rodemack
Gavisse
Montenach
Audun-le-Roman
Thionville
Hombourg-Budange
Briey
Boulay-Moselle
Freyming-Merlebach
Forbach
Oeting
St-Julien-lès-Metz
Jarny
Woippy
Ville-sur-Yron
Metz
St-Avold
Sarreguemines
Bitche
Wœlfling-lès-S.
Faulquemont
Baerenthal
Gorze
St-Maurice-sous-les-Côtes
Vigneulles-lès-Hattonchâtel
MOSELLE
Sarre-Union
Lac de Madine
Delme
Saint-Mihiel
Pont-à-Mousson
Château-Salins
Dieuze
PNR de Lorraine
Sarrebourg
Lutzelbourg
Saverne
BAS-R
Lucey
Nancy
Dabo
Abreschviller
Toul
Villers-lès-Nancy
St-Nicolas-de-Port
Lunéville
St-Quirin
Molsheim
Moselle
Meurthe
MEURTHE-ET-MOSELLE
Allain
Colombey-les-Belles
Celles-sur-Plaine
Autreville
Vézelise
Bayon
Magnières
Baccarat
Bertrichamps
Senones
Domremy-la-Pucelle
Chamagne
Charmes
Raon-l'Étape
Grandrupt
Rambervillers
la Petite Fosse
Neufchâteau
Saint-Dié
VOSGES
Mirecourt
Châtenois
Ribeauvillé
Vittel
Ville-sur-Illon
Contrexéville
Épinal
Chaumousey
Granges-sur-Vologne
le Valtin
Colmar
le Tholy
Darney
Martigny-les-Bains
St-Étienne-lès-Remiremont
Gérardmer
Xonrupt-Longemer
Lamarche
Hennezel
Bains-les-Bains
Plombières-les-Bains
Remiremont
la Bresse
HAUT-RHIN
Bourbonne-les-Bains
Châtillon-sur-Saône
Fontenoy-le-Château
le Val-d'Ajol
le Thillot
Bussang
Guebwiller
Thann
HAUTE-SAÔNE
Luxeuil
Mulhouse

Dans le Toulois, la noce est en émoi

Nous retrouvons nos deux compères dans le Toulois, ou plutôt dans le vignoble des « côtes de Toul ». Les policiers sont en effet invités au mariage d'un de leurs collègues qui marie sa fille, la douce Pénélope. Le repas de noce à lieu au château de Boucq, une ancienne maison fortifiée, édifiée vers 1340. Le village de Boucq est situé sur la frontière entre le département de la Meuse et de la Meurthe-et-Moselle. À quelques kilomètres de Toul, il est entouré par la magnifique forêt de la Reine au cœur du parc naturel régional de Lorraine.

Comme cadeau de mariage, Lefinaud a décidé d'offrir un coffret de ce vin gouleyant produit par les vignerons et connu sous le nom de vin gris. Auparavant, en connaisseur, il a pu déguster dans les caves de Bruley et de Lucey quelques délicieux nectars vieillis dans les grandes caves du cru.

– Mais consommés avec modération, précisait Lognon qui conduisait le commissaire Lefinaud dans la voiture de service. Il ne s'agit pas d'enfreindre la loi !

Arrivés au château de Boucq, ils trouvèrent la noce en grand émoi : le futur marié était introuvable.

– Pourvu qu'il ne soit pas tombé dans une cuve de vin gris ! s'exclama Lefinaud qui avait le bout du nez un peu rouge.

– Pas du tout, moi je le vois bien, le coquin, il s'est bien caché en tout cas, affirmait Lognon qui lui était resté à jeun.

Et vous, l'apercevez-vous ce fiancé farceur ?

À Crusnes,
une affaire qui fait la "une"

Crusnes fut un village frontière avec l'Allemagne entre 1871 et 1914. Il est à une dizaine de kilomètres du Luxembourg. Fondé vers 636, Crusnes dépendait en 1254 de l'abbaye de Villers-Bettnach. L'histoire de Crusnes est liée à la ligne Maginot. De nombreux blockhaus et ouvrages fortifiés entourent en effet encore le village.

L'église Sainte-Barbe de Crusnes a été construite entre 1938 et 1939 suivant les plans de deux architectes de la société de Wendel à Hayange, propriétaire de la Société des mines de fer de Crusnes. L'église est dédiée à sainte Barbe qui est la patronne des mineurs, des métallurgistes et autres corporations liées au feu. Entièrement en métal et sans un seul boulon, la construction est, pour les De Wendel, l'occasion d'offrir une église à leurs ouvriers, mais aussi, celle de mettre en place un prototype d'église préfabriquée pouvant être montée par une main-d'œuvre non qualifiée, exportable partout dans le monde et destinée avant tout aux colonies. La Seconde Guerre mondiale stoppera ce projet de fabrication industrielle.

Un grand vitrail représente la sainte qui protège de son manteau les mineurs de fer et de charbon, les pompiers et les artilleurs. L'église de Crusnes fut façonnée et assemblée par les ouvriers auxquels elle était destinée. En 1990, elle est classée au titre des Monuments historiques. Dévorée par la rouille, cette église a été restaurée en 2008. Elle vient d'être achetée par la fille d'un grand couturier pour en faire un studio d'enregistrement.

Le curé de la paroisse est très embêté. Il a perdu la clé de son église.

Le commissaire Lefinaud et son collègue Lognon sont en route, arrivez-vous à la retrouver avant eux ?

On se surpasse au
Longwy-Palace

Situé dans la partie basse de la ville de Longwy, l'ancien cinéma Palace, avec sa belle façade Art déco pouvait accueillir 750 personnes. Il fut transformé un temps en bazar de fins de séries à trois francs six sous. Aux temps glorieux de la sidérurgie Lorraine, il était un des fleurons architecturaux érigés le long de l'avenue de la Grande-Duchesse-Charlotte.

Appelés à l'aide par Pélagie Goh de Mouton, le commissaire Lefinaud et son fidèle Lognon doivent résoudre un problème épineux. Pélagie a, en effet, fait don à une association caritative de tout ce qui traînait depuis des générations dans son immense grenier. Elle a tout fait déposer au Longwy-Palace. Seulement, elle possédait deux objets identiques, qu'elle souhaite ardemment récupérer. Elle ne se souvient malheureusement plus à quoi ressemblaient ses deux souvenirs précieux.

Pouvez-vous aider nos deux amis à les retrouver ?

LONGWY-PALACE

Un vol à Longwy-Haut, c'est l'affaire de Lefinaud

Le musée des Émaux et Faïences est situé dans la citadelle de Longwy depuis 1975. Il retrace plus de 200 ans d'histoire, et présente des pièces datées de 1804 à nos jours, créées d'après divers courants artistiques. Il organise deux à trois expositions temporaires par an, ainsi que de nombreuses animations tout au long de l'année.
Installé dans l'ancienne boulangerie militaire, le musée présente un éventail complet des créations de la faïencerie ainsi que des œuvres d'artistes longiviciens (Paul Aubé, Paul Klein). Hilton Mc Conico...
Le commissaire Lefinaud et son fidèle adjoint Lognon sont appelés d'urgence à Longwy. Passant sous la porte de France de la citadelle de Vauban, il se rendent directement dans l'ancienne boulangerie militaire qui accueille le musée.
Le conservateur est aux cent coups, son adjointe en larmes. On vient de voler un des clous de la collection de faïences : un pot signé Chilton Mac Intosch. D'une valeur inestimable, l'œuvre a été dérobée hier dans la nuit. Le voleur a réussi a pénétré dans le musée sans déclencher le système d'alarme. C'est une perte terrible pour l'établissement. Le voleur n'a laissé aucune trace...

– Je n'en suis pas aussi sûr, affirme le commissaire Lefinaud en faisant un clin d'œil à Lognon.

Qu'a donc découvert l'intrépide policier ?

Beaucoup de panache
Place Darche

Le voleur n'a pas été aussi malin que le soupçonnait le conservateur. Le commissaire a repéré près du chat de porcelaine le gant d'escrimeur abandonné par le malfaiteur. Il ne reste plus qu'à se mettre à la poursuite du propriétaire de ce gant.

– Ça ne va pas être facile, soupire le conservateur. Aujourd'hui, la mairie a organisé un gigantesque défilé carnavalesque dans les rues de la ville. Tout le monde est déguisé...

Effectivement, un spectacle de cape et d'épée se déroule à l'instant même sur la place Darche à Longwy-Haut entre l'église Saint-Dagobert et le puits du siège.

Créé en 2009, un carnaval vénitien est organisé chaque année en mars, mêlant sur trois jours, histoire de l'immigration italienne et reconstitution historique autour du passage de Louis XIV à Longwy. Cette manifestation permet de mettre en valeur le patrimoine de la ville : ses émaux et ses fortifications de Vauban, pour ne citer que ces deux éléments. De farandoles en escarmouches, près de 200 carnavaliers costumés se retrouvent pour parader en centre-ville.

– Cela va être compliqué de retrouver notre porteur de gant, soupire le pauvre Lognon.

– Détrompe-toi, je l'ai déjà repéré.

Et vous, avez-vous été aussi rapide que le commissaire ?

Pas de manière au
Château des Lumières

Le château de Lunéville a nécessité une vingtaine d'années de construction. Ce palais ducal est inspiré selon la volonté du duc Léopold (1679-1729) des plans du château de Versailles. La demeure connaît une grande renommée grâce aux embellissements de Stanislas Leszczynski. Le château des Lumières comme on le nomme aujourd'hui attire chaque année une foule constante de visiteurs venus du monde entier. Des visites guidées sont organisées pour faire découvrir les merveilles de ce château lorrain. De passage à Lunéville, Lefinaud et Lognon se joignent à un groupe de touristes venus en car depuis Nancy. C'est après la traditionnelle phrase du guide demandant aux visiteurs de ne pas l'oublier, qu'un cri retentit brusquement :

– Au voleur ! Au voleur !

Les deux policiers s'approchent de la personne en détresse. Elle tremble de colère et d'indignation. Il y a de quoi ! Lefinaud confie à son adjoint Lognon :

– Vite, dépêchons-nous de retrouver le voleur avant le départ du bus ! Je sais ce qu'il a emporté avec lui.

Selon vous qu'est-ce qui a été volé ?

Malhabile le voleur à Lunéville

Quentin Tamarre était très en colère. On vient de lui dérober un bien très précieux : le dernier appareil de la marque NAKON, qui vaut une petit fortune. Cadeau offert par son épouse pour leurs vingt-cinq ans de mariage.

– C'est de ma faute, j'aurais dû être beaucoup plus vigilant. Regardez, la lanière a été coupée net et je n'ai rien senti.

– Le groupe des visiteurs est maintenant devant le théâtre de Lunéville créé à l'origine pour l'usage exclusif de la cour de Stanislas Leszczynski. L'ancienne salle de comédie accueillit en 1749 une pièce de Voltaire « La femme qui a raison ». En 1908, un terrible incendie anéantit cette salle. Aussitôt la municipalité entreprit de construire un nouveau théâtre sous la direction de Lucien Weissenburger, explique le guide de l'office du tourisme.

Pendant ce temps nos deux fins limiers ont déjà repéré le voleur.

Où est donc la personne qui a dérobé l'appareil photo dernier cri ?

300 NAKON
HUGO

On veille au grain au Musée lorrain

Un habile voleur a réussi à dérober une statuette du XVIe siècle du Musée lorrain à Nancy. Pièce unique et d'une valeur inestimable, la perte de ce trésor est une catastrophe pour les conservateurs. Aussitôt, ils donnent l'alerte : Geneviève K. la femme du conservateur crie au voleur sur le balcon du premier étage. Gérard K. appelle de son côté le commissaire Lefinaud. Quelques minutes plus tard, le policier est sur les lieux. Le voleur a réussi à sortir côté grille du parc du musée. En enjambant celle-ci, il y a laissé un morceau de son pantalon. Précieux indice pour aider le policier dans ses recherches. Malheureusement, sur la Grand-Rue, aujourd'hui justement, comme tous les premiers samedi du mois, c'est le marché des antiquités. La rue pavée grouille de monde. Il ne va pas être facile de retrouver le malhonnête. Le commissaire observe attentivement le morceau d'étoffe : c'est un bout de pantalon quadrillé gris.

Le voleur se trouve-t-il encore parmi la foule ?

10
BAJOLET 2011

On a la classe place Stanislas

Le patron du Grand-Hôtel place Stanislas à Nancy vient d'appeler son ami le commissaire Lefinaud à son secours. Un client indélicat a réussi à pénétrer dans de nombreuses chambres, dérobant les bijoux et l'argent liquide des touristes. Se faisant passer pour un comte du Lichtenstein, celui-ci endormait avec ses belles paroles les clients fortunés qui l'invitaient sans méfiance dans leur chambre. Le commissaire n'a pas de temps à perdre. Le client malhonnête vient juste de quitter l'hôtel. L'individu se trouve sans doute encore sur la prestigieuse place Stanislas. Mais en ce mois d'été, la place est bondée. Heureusement les victimes de ce soi-disant comte ont fourni au policier un signalement très précis : cheveux noirs, veste noire, moustache abondante, lunettes rondes, pantalon clair et chaussures blanches.

Lefinaud se fait fort de coincer ce client très indélicat. En effet, au bout de quelques minutes et malgré l'abondance de touristes, le commissaire s'écrie :

– Ça y est ! J'ai repéré le comte du Lichtenstein !

– Où le commissaire Lefinaud a-t-il aperçu le comte malhonnête ?

BAJOLE

Faites gaffe
Porte de la Craffe

La Porte de la Craffe à Nancy, vestige des fortifications médiévales, fut érigée au XIVe siècle au nord de la ville-vieille. Elle est le théâtre d'un drame sans précédent : Mme Michel a perdu son chat. Un voisin M. Lustucru lui a bien promis de le retrouver, mais malheureusement sans résultat. Mme Michel a fait appel au commissaire Lefinaud pour l'aider dans ses recherches. Le policier n'écoutant que son bon cœur, a répondu favorablement à cette demande.

– L'eusses-tu cru Lognon, mais cette affaire me rappelle curieusement une histoire que j'ai déjà entendue quelque part... Et ce père Lustucru ne me dit rien qui vaille...

– M. Lustucru, vous m'étonnez, commissaire, il m'a tout l'air d'une bonne pâte..

Les policiers se regardent goguenards et éclatent de rire après leurs blagues lamentables.

Cette affaire semble bien mal partie. Les deux fins limiers ont plutôt le cœur à rire.

Fidèles lecteurs peut-être pourrez-vous retrouver le chat de Mme Michel avant eux ?

Cache-cache au canal, c'est pas banal

Un dangereux individu est recherché par toutes les polices de France. Il est malheureusement introuvable. Les fonctionnaires n'arrivent pas à le localiser. Interpol vient de contacter le commissaire Lefinaud, l'individu Roger Hométrie a une cousine Lydie Mansion qui vivrait à Nancy sur une péniche. C'est la seule parenté qui reste à Roger et ils sont, paraît-il, très liés.

Lefinaud accompagné de Lognon se rend aussitôt chez la cousine en question. Celle-ci jure ses grands dieux, qu'elle n'a pas revu son cousin depuis des années.

– Et de toute façon, je n'ai pas mis les pieds dans cette péniche depuis l'an passé. Je souffre de rhumatismes et la proximité de l'eau m'est très néfaste. J'habite maintenant à la campagne, dans un village, on ne peut plus éloigné de toute rivière.

Mais le commissaire Lefinaud insiste. Il veut absolument se rendre compte de lui-même. Emmenant la cousine avec eux, les deux policiers se rendent au port Sainte-Catherine de Nancy où est stationnée une multitude de bateaux. C'est dans une ancienne péniche aménagée que Lydie fait entrer le commissaire.

– Voyez vous-même ! dit la cousine un sourire en coin. Vous voyez bien que personne n'habite ici. Rien n'a bougé depuis l'an passé.

– Oui, c'est ça ! Pour moi l'affaire est claire et nette. Quelqu'un est venu, il n'y a pas si longtemps.

Qu'est-ce qui prouve que le commissaire à raison ?

COQUIN
COQUIN
FILOU.D

CAID
BAJOLET

Le château de Thorey-Lyautey

Le maréchal Lyautey (1854-1934) était un militaire français, ministre de la guerre lors de la première guerre mondiale (1914-1918). Il fit construire de 1920 à 1924 son château à Thorey, petit village d'une centaine d'habitants dans le Saintois en Meurthe-et-Moselle.
Ce château se trouve sur la « Route historique des Marches de Lorraine », qui venant de Nancy passe par le château de Fléville, celui d'Haroué et se termine à la maison natale de Jeanne d'Arc à Domrémy.
Le château du maréchal Lyautey se visite. Il est meublé comme du temps du maréchal. Ce qui permet de revivre toute une époque de notre histoire.
C'est Lefinaud qui a entraîné Lognon dans cette visite. Avant de pénétrer dans le château pour la visite guidée, il murmure à l'oreille de son adjoint :
– La citation qui est épinglée au dessus de mon bureau : « L'esprit d'équipe triomphe de toutes les difficultés » est du maréchal Lyautey, mon cher Lognon.

– C'est une bien belle devise, ponctue le guide. C'est elle qui a permis à l'association de maintenir cette belle demeure en l'état.
– Lyautey, continue Lognon qui tenait à montrer ses connaissances, était profondément Lorrain et très attaché à tout ce qui fait le lien entre les générations. Le mot « maison » avait d'ailleurs pour lui une signification importante. Elle conservait l'âme de ceux qui l'avaient habitée...
– C'est tout à fait vrai, renchérit Lefinaud. D'ailleurs si vous regardez bien attentivement, on peut même apercevoir dans ce salon marocain le visage du maréchal Lyautey.

Mais que dit donc le commissaire ? A-t-il perdu la tête ? Pas du tout, en observant bien l'image vous apercevrez la figure de ce personnage célèbre.

Azannes et le village des vieux métiers

Azannes se situe dans le département de la Meuse. C'est en 1985, suite à la fermeture de la sidérurgie du bassin de Longwy tout proche, qu'une équipe énergique décide de construire un lieu de mémoire de l'histoire de la Lorraine. L'objectif est d'éviter le départ massif de la population locale, réduite au chômage, vers d'autres horizons, en créant un village des vieux métiers. Depuis 1990, l'association accueille 400 bénévoles passionnés sur le territoire de la commune d'Azannes. C'est, en effet, près de 80 métiers du XIXe siècle qui reprennent vie dans la pure tradition de la Lorraine « de dans le temps ».
Le commissaire Lefinaud et son collègue Lognon, férus d'histoire et curieux de nature, se rendent un dimanche de mai dans cette commune. Ils trouvent merveilleux de voir les maîtres artisans travailler. Ils leur tardent en effet de découvrir comment forger un soc de charrue, cercler une roue, cuire une fournée, jabler un fût, assembler en queue d'aronde... Ah ! Retrouver l'attrait inépuisable qui naît, pour celui qui regarde, du travail d'une main habile ! Quel plaisir !
C'est en visitant les différents ateliers que l'on a fait appel à leur flair infaillible. En effet, Poupinot, le bedeau du village, n'a rien trouvé de mieux pour amuser la galerie que de cacher le râteau de Déodat, le journalier, venu pour ramasser le foin. Heureusement, nos policiers ont vite fait d'aider ces travailleurs infatigables qui peinent au pied du moulin à vent de 28 mètres de haut.

Et vous, l'avez-vous repéré ce fameux râteau ?

Des légendes et des anecdotes à Avioth

Avioth est une petite commune située au nord du département de la Meuse. Ce village d'une centaine d'habitants est dominé par une magnifique basilique.

La basilique Notre-Dame d'Avioth est un édifice religieux de style gothique édifié au XIVe siècle et situé dans l'ancien comté de Chiny.

« La Recevresse », le monument qui se dresse à ses côtés, véritable dentelle de pierre, est unique au monde et sa reproduction, grandeur nature, se trouve au musée des monuments français à la Cité de l'architecture et du patrimoine à Paris.

De nombreuses légendes et anecdotes entourent cette basilique. L'une d 'elle a retenu l'intérêt du commissaire Lefinaud. La voici :

« La pierre qui manque » d'après l'abbé R. Sommesous :

En ce temps-là, la femme du Bailli qui résidait à Avioth, voulait une église et tracassait son mari de ses demandes répétées. Le Bailli après avoir frappé à bien des portes, et ne sachant plus à quel saint se vouer, appela le diable et conclut avec lui ce marché : si le diable ne pouvait terminer l'église avant le chant du coq, le Bailli gardait son âme et tout ce qui serait déjà construit de l'église…

La nuit venue, le Bailli ne put dormir et raconta ce pacte passé avec le diable à son épouse. Il regardait par la fenêtre le roi des enfers qui, avec une suite innombrable de démons, bâtissaient l'édifice. Et l'église montait… montait…

Déjà la rosace s'épanouissait… Déjà les voûtes se rejoignaient… les tours montaient vers le ciel… Le jour ne se levait pas… !

Et Satan allait poser la dernière pierre… quand, tout à coup, au bout du village, un coq chanta… ! C'était la femme du Bailli qui était allé le réveiller, et l'avait fait chanter avant l'heure. Les diables alors se sauvèrent… Ainsi le bailli garda son âme… et l'église…

Mais !... Mais, des rumeurs persistantes soutiennent qu'il reste toujours un petit diable à Avioth. Le commissaire veut en avoir le cœur net.

Trouverez-vous avant lui le diablotin qui s'est caché dans le village meusien ?

Trouvez le truc à Bar-le-Duc

Baptisée Bar-le-duc en référence au duc de Bar, la ville fut capitale du duché de Bar en 1354. La plupart des monuments ou bâtiments sont construits en pierre de Savonnières, ce qui donne à la ville cette couleur blonde caractéristique.
Située dans le département de la Meuse, la commune fut le point de départ de la Voie Sacrée en 1914-1918 d'où partaient les fameux taxis de la Marne pour ravitailler les troupes françaises sur le front de Verdun. Ses habitants s'appellent les Barisiens.
Début juillet, le marché du terroir et des confitures accueille depuis 2002, le championnat du monde d'épépinage de groseilles (à la plume d'oie), héritage d'une tradition séculaire. C'est avec ces fruits dont les pépins ont été ôtés avec patience que l'on fabrique la délicieuse gelée de groseilles de Bar-le-Duc connue et réputée dans le monde entier.
Fin juin, le festival Renaissance anime la ville vieille avec du théâtre de rue, de la musique et un marché artisanal.
Et c'est justement à cette occasion que l'on a fait appel au commissaire Lefinaud et à son collègue Lognon. Un des musiciens de la fanfare a perdu sa trompette.

Sur la place Saint-Pierre devant l'église Saint-Étienne, construite du XIVe au XVIe siècle, la troupe est en pleine représentation.

Le trompettiste fait semblant de jouer mais vous, vous devez essayer de retrouver son instrument. Bon courage !

À **Gombervaux**, c'est le chantier !

Lognon est un amoureux des vieilles pierres. Il passe une partie de ses vacances de fonctionnaire de la police au sein d'associations qui restaurent des châteaux, des maisons fortes ou des anciennes demeures.

Cet été, il participait au chantier de bénévoles du château de Gombervaux, un édifice du XIVe siècle, classé monument historique situé dans la Meuse à quelques kilomètres de Vaucouleurs. L'association Gombervaux organisait en effet un stage de taille de pierre pour apprendre à manier les ciseaux et les burins. Lognon adore ces chantiers qui lui permettent d'apprendre des métiers anciens et de rencontrer des gens, garçons et filles qui viennent du monde entier.

C'est aussi un incorrigible farceur qui n'en rate pas une pour mettre de l'ambiance dans les groupes qu'il fréquente. Aujourd'hui, il avait caché le marteau de Vladimir le russe de Pétrograde. Vlad, comme l'appelle le groupe est bien embêté. Il ne peut plus travailler car il ne parvient pas à retrouver son outil indispensable. Pourtant, il est bien visible.

Et vous, l'avez-vous trouvé ?

Il y a quelque chose qui cloche à **Mont-devant-Sassey**

Le village est situé dans le département de la Meuse à 35 km au nord ouest de Verdun entre Dun-sur-Meuse et Stenay.
Les habitants s'appellent les Montois.
L'église du XIe siècle se dresse un peu à l'écart du village dans un magnifique écrin de verdure. Ses fondations reposeraient sur les ruines d'un sanctuaire celtique datant d'avant le VIe, date ou Dagobert II chassa les Celtes des marches du royaume de France. Bâtie par les dames chanoinesses d'Andenne en Belgique, l'église représentait un lieu sécurisé face aux invasions normandes. Classée monument historique depuis les années 60, son clocher culmine à 38 mètres de hauteur.
Pendant la guerre de 30 ans, l'église servit tour à tour de repaire de brigands puis de caserne à soldats. De 1637 à 1653, les Espagnols lui ont fait subir d'importants dégâts à coups de boulets de canons dont les impacts sont encore visibles de nos jours sur le mur nord de l'édifice.
Mont accueillit une industrie originale entre 1826 et 1908 : une fonderie de cloches.
Cette entreprise produisait plusieurs milliers de cloches des plus grosses jusqu'aux plus petites sans oublier quelques carillons aux sons délicats.
De nos jours la vie au village est rythmée par des fêtes et des traditions qui perdurent pour la joie des petits et des grands. Lognon et Lefinaud, en visite touristique, profitent du beau temps pour participer à une escapade à dos d'âne dans le secteur.
Leur guide raconte que l'on peut encore entendre et même voir quelques cloches déambuler toute seules dans les environs. Lognon prétend avoir entendu le son de ces cloches. Lefinaud se moque de lui. Il a tort, car il y a bien trois cloches dans ce dessin et ce ne sont ni les ânes ni les personnages.

À vous de les trouver.

L'As des As à Rupt-aux-Nonains

L'inspecteur Lognon est en visite dans de la famille à Rupt-aux-Nonains au bord de la Saulx dans la Meuse. La région est magnifique, bucolique à souhait, elle invite au repos et à la promenade. C'est pour cette raison, qu'il a invité son supérieur, le commissaire Lefinaud. Ils sont reçus comme des rois, et après le repas copieux, la vieille tante de Lognon ne peut s'empêcher de leur parler de ses souvenirs de jeunesse.

– Savez-vous, leur dit-elle, que Rupt-aux-Nonains compta parmi ses habitants un héros national ? Louis Best, natif du village a été en effet sacré l' « As des As » de l'infanterie française en 1921. Il a sauvé la vie à André Maginot lors de la Première Guerre mondiale...

– Maginot ? Répéta Lognon, le ministre de la Guerre et l'initiateur de la célèbre Ligne Maginot ?

– Oui, oui, c'est bien cela ! D'ailleurs attendez, j'ai même une photo de Louis Best sur pont qui franchit la Saulx, avec sa mère quand il partit rejoindre le 330e régiment d'infanterie de Bar-le-Duc en août 1914... Il venait d'avoir 35 ans...

Et la bonne tante, de leur exhiber une photo en noir et blanc toute racornie de ce moment inoubliable.

Lefinaud, qui regardait la photo avec son œil d'enquêteur et à qui rien n'échappe, s'exclama alors :

– Mais !... Attendez !... Regardez, c'est étrange, sur ce tirage, on voit nettement le visage d'André Maginot !

– Mais ! ... Mais !... Mais, oui, ah ça alors, c'est incroyable !...

Et vous serez-vous capable de retrouver ce visage dans la photographie souvenir.

À Varennes-en-Argonne, on sanctionne

Cette commune se situe au bord de l'Aire dans le département de la Meuse.

Le village s'est rendu célèbre lors de l'épisode de l'arrestation de Louis XVI et de sa famille, le 21 juin 1791 au soir, lors d'une tentative de fuite qui échoua. Leur projet était soit de rejoindre des troupes restées fidèles à la monarchie à Montmédy, soit de passer la frontière pour gagner les Pays-Bas autrichiens. Le roi et sa famille furent arrêtés grâce à Jean-Baptiste Drouet, maître de poste de Sainte-Menehould. La municipalité de Sainte-Menehould ayant des doutes sur des passagers signalés au relais de poste demanda à Drouet de rattraper la berline qui s'était arrêtée dans son relais de poste une heure auparavant. Avec son ami Jean-Chrisosthome Guillaume, Drouet avertit le maire, le commandant de la Garde Nationale, celle de Varennes. Toute la nuit, il fit son possible pour empêcher le roi de quitter Varennes jusqu'à l'arrivée de l'aide de camp de La Fayette, qui procéda à l'arrestation du roi, conformément au décret de l'Assemblée dont il était muni. Une plaque, située près de l'actuel beffroi de la ville, indique l'emplacement de l'« Auberge du bras d'Or », devant laquelle la route du roi s'est arrêtée. C'est à la suite de cette tentative de fuite de Paris que la destitution du roi et l'idée d'une République prirent corps dans l'esprit de la Nation. Encore une arrestation de nos jours à Varennes. Un touriste se fait contrôler par la gendarmerie nationale. Après l'avoir fait souffler dans le ballon, les quatre gendarmes envoyés par le commissaire Lefinaud pour garantir la sécurité sur les routes de Lorraine, lui demandent ses papiers.

Mais au fait, où est passé le quatrième gendarme, un dénommé Drouet ?

À Abreschviller, il faut avoir du flair

Abreschviller se situe à 15 km au sud de Sarrebourg en Moselle. Magnifique village entouré des belles forêts de sapins des Vosges, à travers lesquelles l'on peut sillonner grâce au petit train connu des touristes amoureux des traditions ancestrales. Ce petit train restauré, servait en effet autrefois au transport du bois. Mais avec l'apparition des camions grumiers et des tracteurs forestiers, beaucoup plus souples et moins onéreux, le petit train fut mis à la retraite. Une équipe de passionnés décida de le remettre en service dès 1968 pour le plaisir des estivants. Devant le succès remporté lors de la première année d'utilisation, la ligne fut chaque année restaurée, rallongée et agrémentée de nouvelles animations, toujours plus originales les unes que les autres. La ligne telle qu'elle est proposée aujourd'hui relie l'ancienne scierie de La Forge au Hameau de Grand Soldat où l'on peut voir la maison natale d'Alexandre Chatrian (1826-1890) écrivain et auteur avec Erckman du roman *L'ami Fritz* qui se passe lors de la guerre franco-allemande de 1870.

Le commissaire Lefinaud que cette histoire avait passionné, a invité son fidèle collège Lognon a venir visiter cette belle partie de la Lorraine. Nous sommes le 1er avril, début de la saison touristique pour le petit train d'Abreschviller. Oui, mais voilà, un farceur voulant sans doute faire un poisson d'avril au mécanicien chargé de la conduite du train, a caché la clé anglaise indispensable pour régler la pression de la locomotive. Ce qui fait que le petit train n'avance plus et tout le monde est bien embêté.

Heureusement, Lefinaud et Lognon vont vite la retrouver cette clé. Mais peut-être y parviendrez-vous bien avant nos deux fins limiers.

Le chevalement du Puits de Bassompierre à Aumetz

Située dans le nord de la Moselle, entre Metz et Luxembourg, la mine de fer de Aumetz est d'abord propriété de la société germano belge Aumetz Friede. Creusée en 1897 et mise en exploitation en 1900, la mine approvisionne en minerai l'usine sidérurgique de Knutange. En 1940, les installations de surface sont dynamitées par l'armée française, puis reconstruites dès 1941.Un chevalement neuf en treillis est érigé par Klöckner Werke SA. Un chevalement est une sorte de tour en fer qui porte de grosses roues où s'enroulent les câbles des ascenseurs qui montent et descendent les mineurs au fond de la mine. C'est également grâce à cette tour qu'est remonté le minerai de fer à la surface. L'exploitation est abandonnée en 1984.

Le musée d'Aumetz relate le quotidien des milliers de « gueules jaunes », c'est ainsi que l'on appelait les gens qui travaillaient dans les mines de fer, par opposition aux « gueules noires » qui eux allaient chercher le charbon. En Lorraine la couleur du minerai de fer est le jaune.

La visite de la mine de Bassompierre permet de découvrir un tronçon du funiculaire avec ses wagonnets, une forge et aussi bien d'autres souvenirs du temps passé.

Lefinaud et Lognon sont sur le pied de guerre : ils poursuivent un individu qui dérobe des métaux pour les revendre à bon prix. La piste de ce malfaiteur mène sur le chantier tout proche du chevalement.

Laissant courir son regard sur les outils, les tuyaux et la baraque de chantier, Lefinaud chuchote à son collègue :

– Habile comme il est, il doit être loin maintenant...

C'est alors que Lognon tire sur la manche du commissaire de police.

– Je crois bien que je l'ai repéré...

Le voleur se trouve-t-il donc encore sur le chantier ?

Bitche

et la forteresse

Bitche est située à l'extrême nord-est du département de la Moselle. Bordée de collines boisées formant une sorte de cuvette en son centre où surgit un énorme piton rocheux : la citadelle de Bitche. L'histoire de la ville est d'ailleurs indissociable de cette forteresse qui la surplombe. C'est elle, en effet, que l'on voit en premier lorsqu'on approche de Bitche. Elle se dresse fière sur son rocher de grès rose et la ville semble s'être littéralement enroulée autour d'elle. C'est Vauban en 1681 qui en modifiera totalement le système de fortifications. En 1697, elle fut entièrement détruite par ceux là-même qui la bâtirent. Elle est de nouveau reconstruite de 1741 à 1754. Assiégée pendant 230 jours lors de la guerre de 1870, elle devient allemande jusqu'en 1918. C'est la Deuxième Guerre mondiale qui sonna la fin de son exploitation militaire. Une ville au passé militaire si brillant se devait de proposer des animations guerrières. C'est chose faite depuis plusieurs années avec les « Européennes médiévales ». Ces spectacles équestres attirent chaque été toujours plus de visiteurs amateurs de sensations fortes et de spectacles variés.

Tout ce qu'affectionnent nos deux limiers !

Ils furent d'ailleurs rapidement sollicités, car l'un des figurants du spectacle équestre ne retrouve plus son casque. Vol ou perte, nos deux policiers vont vite se mettre en chasse.

Et vous, saurez-vous les aidez ?

Le dragon de Gorze vous dévore pour de bon

Située à 20 km au sud ouest de Metz, Gorze est blottie au creux du vallon de la Gorzia. Au Ier siècle, un aqueduc, long de 22 kilomètres, dont la majeure partie était souterraine conduisait l'eau de la source des Bouillons de Gorze jusqu'à Metz. De remarquables vestiges subsistent sur les rives de la Moselle à Ars-sur-Moselle et Jouy-aux-Arches, ainsi que sur la route de Novéant à Gorze. En 749, l'évêque de Metz, Chrodegang, fonde l'abbaye de Gorze. Le monastère rayonne dans toute l'Europe et devient le centre d'une seigneurie indépendante « La Terre de Gorze ». Au XIIe et XIIIe siècles, est construite l'église Saint-Étienne, le plus ancien édifice gothique de Lorraine. Au XVIe siècle, l'abbaye est dévastée et sécularisée. Un chapitre de chanoines s'installe dans l'église paroissiale. En 1661, la « Terre de Gorze » est rattachée à la France. Gorze et ses environs offrent de nombreuses possibilités de balades à thèmes et de circuits balisés pour découvrir les sites naturels, les curiosités locales et les légendes qui s'y rattachent. On peut également visiter l'église Saint-Étienne. On y pénètre par une petite porte décorée de scènes du Jugement dernier. Un Christ juge, assis, en levant ses mains ouvertes. À sa droite un défunt se dresse voulant sortir de sa tombe, à sa gauche un maudit essaie de s'échapper de la gueule d'un dragon. Lefinaud et Lognon sont en admiration devant ce travail de sculpture. Mais un autre travail, les attend au bord de l'église.

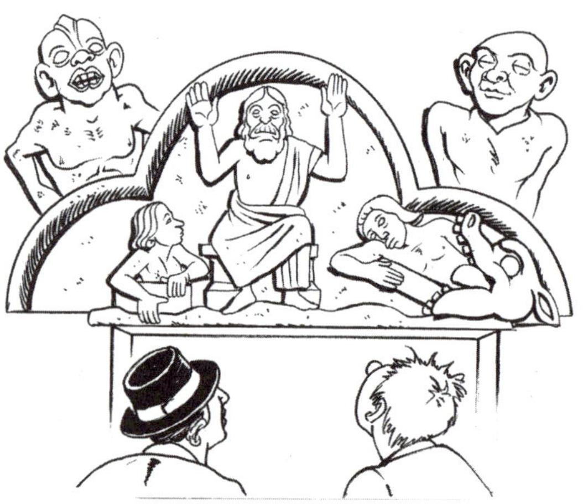

À vous de les aider à retrouver « le maudit » qui s'est enfui pour ne pas être dévoré par le dragon.

Des policiers dans la vallée des éclusiers

Un peu d'exercice ne fait pas de mal à nos deux policiers. C'est l'été, quoi de plus sain que de faire une randonnée à vélo le long de la splendide vallée des éclusiers. Pour se faire, ils doivent emprunter l'ancien chemin de hallage le long du canal de la Marne au Rhin qui reliait Arzviller à Lutzelbourg. Aujourd'hui, en effet, depuis la construction du plan incliné de Saint-Louis/Arzviller au début des années 1970, les péniches n'utilisent plus ce trajet. Autrefois, elles devaient naviguer une journée entière pour aller d'un village à l'autre en passant par 17 écluses successives sur plus de 4 kilomètres.

À bicyclette, c'est plus rapide mais ça monte ! Mais ils sont bien entraînés nos policiers ! Et la randonnée est parsemée de petites gargotes, de cristalleries, de tuileries et de faïenceries. De quoi prendre son temps et admirer le paysage et les réalisations artistiques des artisans du secteur. Lorsqu'ils arrivent à Lutzelbourg, ils assistent à une scène étrange. Une femme est en pleurs, elle a perdu son mari. Elle est persuadée qu'il est parti dans la dernière péniche de tourisme.

Mais le commissaire Lefinaud et son adjoint Lognon n'en sont pas si sûrs. Policiers un jour, fins limiers toujours ! L'homme est un barbu aux cheveux blonds et déjà Lognon l'a repéré !

Et vous, aurez-vous l'œil aussi exercé que l'inspecteur ?

LY 9479K

Tout en finesse en gare de Metz

Le commissaire Lefinaud et son fidèle collègue l'inspecteur Lognon sont sur le pied de guerre. Ils viennent de recevoir un appel du Luxembourg, les informant qu'un dangereux trafiquant d'objets d'art vient de prendre un train en direction de Metz. Le signalement de l'individu est peu précis et il est réputé insaisissable. On sait seulement qu'il se spécialise dans les pâtes de verre « Art Nouveau ». La police luxembourgeoise souhaite bonne chance aux policiers Français qui doivent prendre le relais pour mettre fin aux agissements de ce délinquant.

Face aux panneaux indicateurs de la gare de Metz, le commissaire Lefinaud consulte sa montre. L'inspecteur Lognon a raison. Le train en provenance de Luxembourg ne devrait plus tarder à arriver.

Ils sont prêts à accueillir comme il convient ce redoutable adversaire.

– Nous sommes arrivés en retard, dit Lognon après un regard sur le tableau.

– Tu te trompes, lui répondit Lefinaud, on a juste le temps d'aller prendre un café. Ensuite, on repère notre délinquant et...

– Ah, oui, du travail tout en finesse...

Nous nous sommes bien compris !

Sachant que de Luxembourg à Metz, le train met environ une heure pour effectuer le trajet et que le trafiquant a pris le train vers 19 h 30, combien de temps leur reste-t-il avant l'arrivée du train ?

LUXEMBOURG	16.45	16.55	17.16			17.30	17.42	17.55
Bettembourg	16.54		17.27			17.40		18.06
Hettange Grande	17.05	17.12	17.36	17.45		17.50	18.00	18.16
THIONVILLE	17.14	17.24	17.44	17.51		17.59	18.06	18.23
Uckange	17.20		17.49				Arrivée à Hayange à 18h17	18.29
Hagondange	17.26	17.34	17.54		18.04	18.09		18.34
Maizières-lès-Metz	17.30		17.59					18.43
Woippy			18.05					
Metz Nord			18.08					
METZ VILLE (ARRIVÉE)	17.40	17.46	18.13		18.17	18.21		18.54

LUXEMBOURG	18.16		18.31	18.40	
Bettembourg			18.41	18.51	
Hettange Grande	18.33	18.45		19.00	
THIONVILLE	18.41	18.53	19.00	19.07	
Uckange	18.47			19.14	
Hagondange	18.52	19.04	19.09	19.19	19.25
Maizières-lès-Metz	18.56			19.24	
Woippy	19.02				
Metz Nord	19.05				
METZ VILLE (ARRIVÉE)	19.09	19.20	19.21	19.33	19.38

LUXEMBOURG	19.15	19.39	20.15	20.59		21.45	22.15
Bettembourg	19.25			21.09		21.54	22.26
Hettange Grande	19.35	19.55	20.32	21.17		22.03	22.34
THIONVILLE	19.43	20.03	20.40	21.24	21.42	22.10	22.41
Uckange	19.49		20.45		21.48	22.16	
Hagondange	19.57	20.12	20.50	21.33	21.53	22.22	22.50
Maizières-lès-Metz	20.03		20.55		21.57	22.26	
Woippy	20.12		21.01		22.03		
Metz Nord	20.15		21.04		22.06		
METZ VILLE (ARRIVÉE)	20.20	20.23	21.08	21.45	22.11	22.37	23.02

Dare-dare derrière le fuyard

Lognon consulte sa montre. Lefinaud a raison. Il leur reste exactement dix-huit minutes avant l'arrivée du train en provenance de Luxembourg.

Ils ont encore une chance de coincer le trafiquant. Quand le train entre enfin en gare, un flot important de voyageurs envahit les quais. Impossible de repérer le délinquant. Il faut faire vite. La gare de Metz est immense, mais prudents, nos compères décident d'inspecter chaque espace de ce magnifique bâtiment construit à la fin du XIXe siècle. Quand tout à coup à l'étage supérieur, ils repèrent une ombre munie d'un sac de voyage. À l'abri des lumières, un individu se précipite dans un couloir.

– C'est notre homme, murmure Lefinaud les yeux braqués sur la canaille, il a filé par le couloir qui mène au hall de départ. Il a l'air très pressé.

– Si c'est vraiment lui, ça se comprend, dit Lognon. Ses complices ont dû le prévenir que les contrôles de police ont été renforcés.

À ce moment précis, la lumière crue des néons frappe de plein fouet le visage du fuyard. Le commissaire entraîne Lognon à sa suite. Mais trop tard, le malotru a le temps de se fondre dans la cohue des départs et des arrivées dans le grand hall de la gare. L'inspecteur pousse un juron.

– Ne t'en fais pas, le rassure Lefinaud, je ne l'ai pas quitté des yeux.

Que s'apprête à faire le suspect ?

20
16
15
14
17
18
13
BAJOLET 2011

Au nez et la barbe des policiers

Après avoir glissé son sac de voyage dans le compartiment 13 de la consigne automatique, l'homme aux lunettes met la clé dans sa poche et se précipite vers la sortie. Lefinaud et Lognon le suivent discrètement. D'un pas décidé, l'individu se dirige vers la grande brasserie de la gare. Les deux policiers y entrent à leur tour et s'installent à une table au fond de la salle. L'homme a un comportement anodin et se contente de boire son café. Le va-et-vient des clients est particulièrement intense. Les conversations vont bon train et l'heure avance. Lefinaud commence à s'impatienter.

– Si tu veux mon avis, dit-il à l'inspecteur Lognon, nous sommes en train de perdre notre temps. Ton fameux suspect en est déjà à son deuxième café. D'ailleurs, il a l'air du parfait citoyen « lambda ».

C'est à ce moment qu'un groupe de voyageurs passe devant leur table, leur obstruant la vue pendant un bref instant. Un instant fatidique car l'individu en profite pour disparaître !

– Il a dû filer par les cuisines ! s'écrie Lognon. Nous l'avons perdu. Ce type est rusé comme un renard !

– Pas si sûr ! rétorque le commissaire. Notre homme est malin. Il s'est sans doute grimé pour ne pas être reconnu. Mais cependant, je crois bien qu'il a commis une petite erreur.

De quoi Lefinaud veut-il parler ?

ACCES
AUX
QUAIS

Bizarre, bizarre mon gaillard

L'homme s'est débarrassé de son chapeau mou et de sa barbe postiche. Mais c'est la clé n° 13 qui trahit le brigand. Celui-ci s'est discrètement éclipsé de l'établissement pour sortir en direction de Metz centre. Après avoir échangé sa valise à la consigne, sans doute celle qui contient les pâtes de verre, il s'engouffre dans un taxi qui démarre aussitôt. Lognon et Lefinaud ont tout juste le temps de sauter dans leur véhicule banalisé et de prendre le bandit en filature. Le suivant à bonne distance, ils se retrouvent place Saint-Louis où leur homme pénètre dans un café sous les arcades. Les deux policiers décident d'attendre la suite des événements. Il leur faut absolument le prendre en flagrant délit. Le débit de boissons n'offre aucune autre sortie. Une longue planque va donc commencer. Telles sont les dures réalités du métier de policier : attendre, toujours attendre, et de la finesse toujours de la finesse.

Après quarante-cinq longues minutes de « planque » l'individu sort enfin de l'estaminet. Les deux policiers en profitent pour aller interroger le serveur.

– Ah non, non, je ne connais absolument pas le monsieur qui vient de sortir. Il a commandé une bière et a demandé s'il pouvait laisser quelques affichettes pour un spectacle qu'il organise. D'ailleurs regardez, en voici une sur cette table...

Se saisissant d'une de ces affichettes, Lefinaud émet un long sifflement :

– Mais c'est bien sûr ! Drôlement rusé le gaillard !

Qu'a découvert le commissaire Lefinaud ?

EMILE FOGALÉ
AU
PONT-PIDOU
A 15h
EMILE FOGALÉ
AU
PONT-PIDOU
A 15h

Les Gallé sont décalés

L'idée était fort astucieuse. Pour comprendre le sens du message inscrit sur les affichettes laissées par le brigand, il suffit d'évoquer quelques noms des maîtres de l'Art Nouveau. Ainsi l'une des figures majeures de ce courant artistique des années 1900, est Émile Gallé célèbre, entre autre, pour ses pâtes de verre.

Le commissaire Lefinaud a eu le nez fin.

– Mais c'est bien sûr, s'exclame-t-il. C'est tellement simple que c'en est génial ! C'est donc d'un trafic de faux Gallé dont il est question !

– Il ne reste plus qu'à trouver où va se dérouler la transaction...

Les deux fins limiers passent la soirée au commissariat, à chercher où peut bien se trouver ce pont qu'on aurait appelé Pidou à Metz ou aux alentours. Mais au bout de plusieurs heures de recherches dans leurs cartes d'état-major, ils ne trouvent rien. Lefinaud s'exclame, en colère :

– Fichtre de fichtre, j'en ai par-dessus la tête de ce pont de malheur qui ne nous apporte rien !

– Commissaire, murmure Lognon. Arrêtons-nous là pour aujourd'hui. Venez plutôt vous détendre. Allons prendre l'air et une bonne bière en ville.

Il est plus de minuit, quand en sortant de leur café préféré, Lefinaud s'arrête et pousse un hourra retentissant :

– Mais bon sang, ça y est, je sais où trouver ce Pont-Pidou !...

Qu'a découvert le commissaire Lefinaud ?

KROS
les opticiens
35€
DENTIFRICE
CALGOTE
PROUSTE
VOYAGES
CONSEIL-ICI
STUDIO-A LOUER
YIPI
SPORT
LOISIRS
CHAUSSURES
35€
CHENAL
MONTRE
SOLDES
TABAC BAR
BERBET
PLOMBIER
RADUL
ELECTRICITE
0381041113
LOUEZ MOI
BIJOUTE

Le renard aime l'art

Il s'agit bien sûr du centre Pompidou qui est un des plus beaux bâtiments moderne de la ville de Metz. Des artistes contemporains venus du monde entier y exposent leurs œuvres les plus originales. Au jour et à l'heure fixés par le message, les deux policiers se postent dans le grand hall d'entrée du musée messin.

– Il ne nous reste plus qu'à attendre l'arrivée de notre individu, murmure Lefinaud.

– Nous n'avons pas à nous plaindre : dehors il pleut à torrents. C'est bien plus agréable de « planquer » dans ce haut lieu de la culture internationale que de faire le poireau dehors sous les trombes d'eau !...

– Ça c'est sûr, convint Lefinaud. Mais reste à repérer notre trafiquant...

La foule est dense, le musée accueille une « performance » animée par des « graffeurs » de renommée internationale. Cet événement a attiré de nombreux curieux, venus parfois en famille.

Les artistes sont connus pour leurs créations dynamiques et leurs apparitions sont toujours encadrées par un groupe de musiciens qui ponctuent leurs bombages de notes de musique endiablées. Le niveau sonore du hall est donc élevé, ce qui n'empêche pas Lefinaud de souffler à l'oreille de Lognon :

– Ça y est, j'ai repéré notre délinquant. Ah ! Décidément, il est rusé l'animal. Qui aurait pu se méfier de ce genre d'individu. Quelle façon maligne de se fondre dans la foule... Personne ne doit faire attention à lui...

Qu'a donc découvert l'inspecteur Lefinaud ?

BAJOLET

Aspirateur, tu fais un malheur

Le voyou que recherchent nos deux policiers s'est tout simplement déguisé en homme d'entretien du musée d'art moderne. Ni vu ni connu, les fausses pâtes de verre sont cachées dans le réservoir de son aspirateur qu'il peut promener en toute impunité dans les différentes salles d'exposition, échangeant ainsi aux amateurs intéressés les œuvres d'art « bidon ». Mais l'homme se sentant repéré, réussit à s'esquiver discrètement. Les deux policiers sont sur ses talons. Jetant son aspirateur truqué dans le coffre de sa voiture garée à proximité, le voyou démarre en trombe. Les deux policiers le suivent à distance. Après mille et un détours, le bandit se gare au parking souterrain de la cathédrale. Traînant son aspirateur à roulettes, il sort par l'ascenseur place du marché. Jetant de fréquents coups d'œil par-dessus son épaule, l'homme s'engouffre sous une porte cochère en Fournirue. Les deux policiers ne le perdent pas de vue :

– Tout en finesse, telle est notre devise, répète Lefinaud.

Quelques instants plus tard, Lognon et Lefinaud sont devant sa porte.

– Police ! hurle le commissaire. Au nom de la loi, ouvrez !

Au bout de plusieurs minutes, la porte s'ouvre enfin.

– Qu'est-ce qui se passe donc, s'étonne le délinquant en ouvrant des yeux grands comme des soucoupes.

– Vous êtes fait mon vieux, nous savons que vous cachez de fausses pâtes de verre dans un aspirateur et que vous opérez vos transactions au centre Pompidou !

– Moi, je n'ai pas ce genre d'engin chez moi, d'ailleurs regardez vous-même. Jamais je ne fais le ménage chez moi...

Qu'est-ce qui prouve que l'homme ment ?

ICHON
SOULET
SAURCU

Chasse à la grenouille à Sarralbe

Sarralbe est une commune située à l'est du département de la Moselle.
Les habitants sont appelés les sarralbigeois. Mais on les a surnommés pendant plusieurs siècles les « pourchasseurs de grenouilles ».

Il semblerait que ce soient leurs voisins de Willerwald qui leur aient attribué ce sobriquet après qu'ils eurent perdu les procès opposant les deux communautés en 1622 et 1735... L'histoire n'a pas retenu pour quel motif précis ces deux communes durent passer devant les tribunaux pour régler leur différend ...

Grands amateurs de cuisses de grenouilles, les habitants de Sarralbe en faisaient sans doute une importante consommation...

En 1967, il était dans l'intention de la Municipalité de placer une grenouille géante en fonte sur un socle, devant le nouveau groupe scolaire afin de symboliser le blason populaire de la ville. Mais en raison du montant élevé du devis les membres du conseil municipal ont ajourné cette question. Là-dessus, un sculpteur local, a fourni gratuitement le batracien, taillé dans un bloc de pierre, et depuis février 1967, une grenouille géante trône sur un socle devant le groupe scolaire Robert-Schuman. Cet événement plaisant fait honneur aux habitants, très attachés aux vieilles traditions populaires qui hélas ! ont sombré dans l'oubli total dans maintes autres localités.
Et c'est justement lors d'un jeu organisé pour les enfants que l'on a fait appel au commissaire Lefinaud. Il s'agit de retrouver la grenouille qui s'est échappée de son socle.

Alors, allez-vous retrouver ce facétieux batracien qui se cache sur le bel ensemble architectural entre l'ancienne Tour d'Albe et la belle église Saint-Martin ?

À Saint-Quirin on s'en lave les mains

C'est dans un paysage de collines verdoyantes que se trouve le joli village de Saint-Quirin en Moselle. On est tout de suite surpris par l'église (XVIIIe siècle) du prieuré. Les trois tours à oignons dont deux sont à triple bulbe, attirent l'oeil.

Chaque année, l'association des Amis de l'orgue Silbermann de Saint-Quirin organise un festival de musique baroque : c'est le « Festival des sept Roses ». Les « Sept Roses » sont les sept églises et chapelles à Saint-Quirin et dans la proche région :

– À Saint-Quirin : l'église Priorale (rose d'or) et la Haute-Chapelle (Rose rouge)

– À Lettenbach : l'église des verriers (rose de cristal),

– À Métairies Saint-Quirin : la chapelle Notre-Dame-de-Lhor (rose bleue)

– À Vasperviller : l'église Sainte-Thérèse (rose rose) et la Chapelle Sainte-Claire (rose blanche)

– À Turquestein : Notre-Dame-de-la-Délivrance (rose mauve)

Nul ne visite Saint-Quirin sans aller voir la fontaine miraculeuse, dominée par la statue de Saint-Quirin, dont l'eau aurait le pouvoir de guérir les maladies de peau.

On y parvient en passant derrière le prieuré.

C'est sa passion pour la musique baroque qui a amené le commissaire un dimanche de juin à Saint-Quirin. Mais c'est aussi son souci de l'environnement qui s'est manifesté, lorsqu'il a aperçu ces touristes indélicats qui se trouvaient autour de la « Fontaine miraculeuse ». Il a prié ces personnages de respecter ce lieux de villégiature et de tourisme.

Mais c'est surtout, Odile Aitante qu'il a vertement sermonnée. Sous prétexte que l'eau de la « Fontaine miraculeuse » guérit les maladies de peau, Odile n'a rien trouvé de mieux que de jeter son tube de pommade pour les mains. Lefinaud a eu vite fait de lui intimer d'aller le mettre dans la poubelle la plus proche. Odile lui a promis de le faire, mais à condition qu'elle le retrouve, ce fameux tube de pommade.

Il faut l'aider car on ne salit pas un village qui a obtenu le label « des plus beaux villages de France ». À vous de lui donner un bon coup de main !

Bon réflexe à Contrex

Un groupe de curistes attend de monter dans l'autobus qui les emportera à Plombières pour la suite d'un périple à travers la Lorraine des cures thermales.
Le commissaire Lefinaud est de la partie. Une vieille douleur au foie l'a contraint à venir faire une cure d'eau de source dans cette belle cité des Vosges de Contrexéville. Curiste un jour, mais policier toujours, c'est plus fort que lui, c'est un vrai réflexe : il a repéré un type pas catholique parmi les curistes. En effet, prévenu par son fidèle collègue l'inspecteur Lognon, il est sur les traces d'un indélicat qui, abusant de la crédulité de certains malades en profite pour leur vendre à prix d'or des médicaments au pouvoir rajeunissant ! ? Ces cachets miracles sont en fait de véritables poisons qui envoient leurs consommateurs directement en cure de … désintoxication…
Lefinaud ignore pour l'instant l'identité de l'individu, mais il est bien décidé à le prendre en flagrant délit. Tout en finesse ! Tout laisse à penser que le malotru s'apprête à prendre le bus pour poursuivre son odieux trafic à Plombières. Lognon l'attend d'ailleurs dans cette ville escorté de deux policiers pour procéder à son arrestation. Mais, mauvaise surprise : quand les bagages sont enfin installés dans le coffre du bus, le commissaire constate que sur les dix-neuf qu'il avait comptés auparavant, il n'y en a plus que dix-huit. L'individu qu'il pensait épingler a dû être mis au courant des intentions du policier, et a préféré ne pas faire partie du voyage.

Quelle est la personne qui s'est fait la malle en douce ?

À Épinal, on cherche le chat botté

La préfecture du département des Vosges organise du 1er au 24 décembre un magnifique marché de Noël. C'est une véritable tradition qui s'est ancrée au pied de la basilique Saint-Maurice. Une quarantaine de chalets, mais aussi des animations, une grande exposition sous un chapiteau, des promenades en calèches, bref de quoi attirer un monde fou dans la capitale des Vosges.

Épinal est aussi la ville de l'image. Le magnifique musée de l'imagerie contient une collection impressionnante d'images coloriées au pochoir qui ont fait sa réputation durant des siècles.

À l'occasion du marché de Noël, on raconte même que certains héros de l'imagerie fondée en 1796 sortiraient de leur image pour aller se régaler de sucreries proposées par les commerçants.

Lognon affirme par exemple qu'il a déjà rencontré Cadet Rousselle, le petit chaperon rouge et même les trois petits cochons. Lefinaud lui, dit avoir aperçu le chat botté.

D'ailleurs, en regardant attentivement l'image, on peut encore l'observer, ce rusé matou dans son costume d'époque... Saurez-vous le découvrir ?

Il faut du génie pour trouver le Bailli

De style renaissance tardif, construite de 1604 à 1607, pour un certain Amé Geninet, riche papetier spinalien et propriétaire du moulin situé à la porte des Moulins, la Maison renaissance, construite face à la Place des Vosges, est encore improprement appelée Maison du Bailli.
Cette demeure sert actuellement de galerie d'exposition.

Sa façade est richement décorée de fenêtres à meneaux encadrant, au niveau du balcon, un écu ouvragé et des pilastres finement sculptés et se finissant par des chapiteaux corinthiens sommés de têtes de monstres, d'Indiens et de femmes aux diadèmes.

Le bailli était, dans l'Ancien Régime français, un officier de judicature représentant de l'autorité du roi ou du prince dans le bailliage, chargé de faire appliquer la justice et de contrôler l'administration en son nom. Il s'agissait de l'équivalent de nos actuels Préfets.

Alors, justement il est ici question de Bailli. Quelques clients assis à cette terrasse, ont appelé nos deux policiers. Le Bailli est revenu et menace de dérober les pourboires du pauvre serveur. Il faut aider le commissaire et son adjoint Lognon à retrouver ce mauvais plaisant.

Où se cache-t-il ? Ci-contre, vous avez son portrait robot.

Rambervillers, la tête de veau se fait enlever

Rambervillers est une commune située dans le département des Vosges sur les rives de la Mortagne. Ses habitants sont appelés les Rambuvetais.

L'Hôtel de Ville de Rambervillers est situé Place du 30 Septembre. De style Renaissance, il date du XVIe siècle et a été construit avant 1549 en grès rose des Vosges.

Les Rambuvetais étaient appelés autrefois les « têtes de veau » L'origine de ce surnom se perd dans la nuit des temps. Plusieurs explications ont toutefois été données. L'hypothèse la plus plausible est la suivante :

On rapporte que les Rambuvetais avaient autrefois, pour leurs troupeaux, un droit de pâturage sur un terrain commun partagé avec les gens d'Épinal. Or il arriva qu'un jour les Spinaliens volèrent à nos ancêtres douze têtes de bétail. Les délinquants furent condamnés, comme il se doit, à restituer douze têtes de bétail. Mais, jouant sur les mots, les malins Spinaliens vinrent tout simplement déposer aux pieds de nos Rambuvetais joués et refaits, douze têtes de veaux bien tranchées. À défaut de document historique, chacun peut prétendre avoir raison.Quoiqu'il en soit, Rambervillers est encore pour longtemps la ville des « Têtes de Veau ». Et toujours, une tête de veau bien servie, tremblante en son plat, rehaussée d'une bonne vinaigrette ou d'une bonne mayonnaise, restera à Rambervillers un plat régional, que vous pouvez déguster toute l'année dans tous les restaurants de la ville, et en particulier au moment de la Foire aux Têtes de veau (15 jours avant Pâques). Une confrérie gastronomique a été créée en 1968 pour célébrer dans la saine gaieté et l'esprit rabelaisien les qualités

gastronomiques de la tête de veau et exhumer le prestigieux passé moyenâgeux de la ville.

Est-ce encore un coup des Spinaliens ? Toujours est-il que lors de la dernière procession de la confrérie gastronomique, un plaisantin a subtilisé la fameuse tête de veau ! Où a-t-elle bien pu passer ?

À Relanges,
tout s'arrange

Un repas trop bien arrosé a quelque peu malmené le foie du commissaire Lefinaud. Il s'est plaint toute le semaine suivante de diarrhées et de crampes dans l'abdomen. Lognon l'avait pourtant prévenu :

– Commissaire ! Prenez garde, vous avez repris deux fois du pâté de lièvre à la mirabelle, trois fois du sanglier, deux fois de la crème brûlée parfumée d'alcool de poire, sans compter le reste.. Vous allez avoir une bonne crise de foie !

Mais Lefinaud s'amusait tant à ce repas entre camarades, qu'il ne prit pas garde aux conseils avisés de son adjoint.

– Ouh là là ! s'exclama son médecin appelé à son chevet, mon pauvre Lefinaud, vous avez abusé des bonnes choses ! Votre foie vous le fait chèrement payer ! Une bonne cure de soupe et d'eau claire dans une de nos stations thermales lorraines vous remettra d'aplomb.

C'est ainsi que le commissaire se retrouva pour une semaine à Vittel pour y suivre un régime sévère. Il avait fière allure dans son peignoir blanc un verre d'eau à la main. Ce qui ne l'empêcha pas de lier connaissance avec d'autres curistes. C'est là qu'il rencontra Martin un des 235 habitants de Relanges un petit village de la Vôge situé dans les environs.

– Tu verras, lui dit Martin, c'est un beau village en lisière de forêt. Et puis la récolte des mirabelles a débuté. Nous n'aurons pas trop de deux bras en plus.

Le bouillant commissaire avait besoin d'exercice et sa cure terminée, il rejoignit son ami Martin pour la cueillette des mirabelles dans leur verger situé au pied de la magnifique église romane du XIe siècle.

L'ambiance était au beau fixe et Martin avait déjà préparé un pique-nique réparateur, quand tout à coup il s'écria :

– Flûte, il manque une part de tarte à la mirabelle ! Pourtant, j'en avais bien prévu une part par personne.

– Mais non, ne t'inquiète pas Martin, elle est bien là ta part de tarte, elle nous crève les yeux.

Martin avait beau regarder partout, il ne la trouvait pas. Et vous saurez-vous l'aider dans sa recherche ?

Ça ronchonne à Senones

Située dans la vallée du Rabodeau, un affluent de la Meurthe, à 22 km de Saint-Dié et à 80 km de Nancy, la commune culmine dans le département des Vosges à 720 mètres. Senones est située dans un cadre naturel splendide.
La particularité du nom de Senones est d'être un palindrome.C'est à dire qu'on peut le lire dans les deux sens.

La ville s'est bâtie autour de l'abbaye bénédictine Saint-Pierre fondée en 640. Rebâtie en pierre en 1097 et 1123, le célèbre Dom Calmet poursuit sa reconstruction au XVIIIe siècle. Senones fait partie de la Principauté de Salm-Salm, dépendant du Saint-Empire romain germanique érigé vers 1751. Dès la réunion de la principauté à la France, les industries prennent possession des bâtiments libérés par les princes et les abbés. C'est ainsi qu'en 1806 un Anglais installa dans l'abbaye la première filature mécanique de coton. L'essor est considérable durant le XIXe siècle. Elle fermera ses portes en 1992.

Lors d'une reconstitution historique de la relève de la Garde de Salm-Salm l'un des deux poissons qui composent le blason de la Principauté s'est échappé. Le public ronchonne. On appele la police.

Il faut le retrouver avant l'arrivée de Lefinaud et de Lognon.

Allez donc à Saint-Dié, c'est pas sorcier

À Saint-Dié des Vosges se déroule tous les ans le festival international de la géographie. La manifestation reçoit des auteurs et des géographes du monde entier. Cette cité qui a vu naître Jules Ferry attire aussi lors de cette manifestation des hurluberlus prêts à toutes les excentricités pour se faire remarquer. Ainsi, lors d'une *garden-party* organisée au pied de la Tour de la Liberté, un individu qui se fait appeler Jules Ferigolo a passé son temps à signer son nom sur les murs du musée Georges Braque situé à l'intérieur de la Tour. Le commissaire Lefinaud se fait fort de le repérer parmi les convives qui assistent à la manifestation.
Une photographie a été prise à l'intérieur du monument au moment où Jules Ferigolo, comme il se fait appeler, exécutait son forfait. Des témoins l'ont ensuite vu se fondre dans la foule des participants au festival de Géographie.

Grâce à cette photo pourrez-vous aider le commissaire Lefinaud à appréhender l'individu malintentionné.

JOLET 2011

Solutions des jeux

Meurthe-et-Moselle – 54

(P. 10) **Dans le Toulois, la noce est en émoi**
Le futur marié se cache dans la haie à gauche du château.

(P. 12) **À Crusnes, une affaire qui fait la "une"**
La clé de la belle église en fer est tout simplement dans le beau gazon tout neuf au pied de l'église à droite.

(P. 14) **On se surpasse au Longwy-Palace**
Les deux objets identiques à retrouver sont bien sûr les deux bustes de femme. Sans doute une reproduction du visage de Pélagie Goh de Mouton quand elle était jeune !

(P. 16) **Un vol à Longwy-Haut, c'est l'affaire de Lefinaud**
Vous avez la réponse dans le dessin suivant.

(P. 18) **Beaucoup de panache Place Darche**
Le voleur du musée des Émaux se trouve tout à gauche. Il joue le rôle du blessé, il ne fait certainement pas partie de la troupe qui anime les festivités. On reconnaît son gant gauche, grâce à ses initiales gravées sur le cuir. Pas vraiment malin, le gars !

(P. 20) **Pas de manière au Château des Lumières**
Il s'agit d'un appareil photo de la marque Nakon

(P. 22) **Malhabile le voleur à Lunéville**
Vous avez repéré sans doute la jeune voleuse qui a dérobé l'appareil photo du touriste. Elle se trouve en bas à droite.

(P. 24) **On veille au grain au musée Lorrain**
Le voleur est l'homme au vélo qui s'éloigne gentiment en essayant de ne pas attirer l'attention. Mais Lefinaud veille et a remarqué le pantalon déchiré au genou du délinquant. Tel est pris qui croyait prendre.

(P. 26) **On a la classe place Stanislas**
Le prétendu prince du Lichtenstein est à gauche sur la place Stanislas. Il porte sa veste sous le bras, mais le signalement est bien conforme à ce qu'a recueilli Lefinaud comme information.

(P. 28) **Faites gaffe Porte de la Craffe**
Le petit chat de la mère Michel est grimpé sur le toit et il attend sa maîtresse bien sagement derrière une cheminée sur le toit à gauche de l'image.

(P. 30) **Cache-cache au canal, c'est pas banal**
Lydie Mansion a menti honteusement. Elle doit venir en effet très régulièrement. La preuve : le poisson rouge dans son bocal sur la droite posé sur l'étagère est en pleine forme. C'est donc qu'elle vient souvent le nourrir et lui changer l'eau. La vilaine, ouh !

(P. 32) **Le château de Thorey-Lyautey**
Le maréchal se trouve au beau milieu des plantes à droite de l'image.

Meuse – 55

(P. 34) **Azannes et le village des vieux métiers**
Le râteau est couché dans l'herbe au pied du moulin.

(P. 36) **Des légendes et des anecdotes à Avioth**
Le diablotin se cache la tête en bas, derrière l'église sur la droite.

(P. 38) **Trouvez le truc à Bar-le-Duc**
La trompette est à gauche mêlée à l'instrument du musicien à l'extrême droite. D'ailleurs un jeune spectateur la repérée avant vous, puisqu'il la montre ostensiblement du doigt.

(P. 40) **À Gombervaux, c'est le chantier !**
Le marteau est dans l'amas de pierres à gauche devant le château.

(P. 42) **Il y a quelque chose qui cloche à Mont-devant-Sassey**
Les cloches se trouvent mêlées au pied des ânes. C'est bien la peine de faire le malin, Lefinaud avec ta carotte pour faire avancer ta monture. Mes lecteurs ont retrouvé bien avant toi, les célèbres cloches de ce village charmant de Meuse.

(P. 44) **L'As des As à Rupt-aux-Nonains**
André Maginot est bien caché à l'extrême gauche de la ligne des arbres derrière les maisons.

(P. 46) **À Varennes-en-Argonne, on sanctionne**
Le gendarme se cache au pied de l'arbre à droite. C'est sans doute lui qui repère les automobilistes qui dépassent la vitesse limitée. C'est un malin !

Moselle – 57

(P. 48) **À Abreschviller, il faut avoir du flair**
La clé anglaise se trouve dans les racines de l'arbre à gauche.

(P. 50) **Le chevalement du Puits de Bassompierre à Aumetz**
Le voleur de métaux se cache sous la lame du bulldozer à gauche. Pas bien malin, le voyou car on voit bien sa main qui dépasse. Lognon lui, a l'oeil. Bravo ! Si vous l'avez découvert aussi !

(P. 52) **Bitche et la forteresse**
Le casque du cascadeur est délicatement posé au pied de la forteresse près de la montée vers la citadelle.

(P. 54) **Le dragon de Gorze vous dévore pour de bon**
Le maudit se trouve caché dans le vitrail de l'église sur votre droite.

(P. 56) **Des policiers dans la vallée des éclusiers**
La mari de la dame est caché au pied de la forêt, au dessus de la maison à droite.

(P. 58) **Tout en finesse en gare de Metz**
Il est 20 h à l'horloge, il leur reste donc environ 18 minutes avant que le train n'arrive en gare.

(P. 60) **Dare-dare derrière le fuyard**
Le suspect s'apprête à glisser son sac dans la consigne numéro 13.

(P. 62) **Au nez et la barbe des policiers**
Lefinaud veut parler de l'homme à droite avec le porte-clé numéro 13.

(P. 64) **Bizarre, bizarre mon gaillard**
Le commissaire Lefinaud a découvert les prospectus qui fixent un rendez-vous au Pont-Pidou.

(P. 66) **Les Gallé sont décalés**
Le commissaire Lefinaud a découvert que le rendez-vous est au centre d'art Pompidou sur l'affiche à droite.

(P. 68) **Le renard aime l'art**
Le commissaire Lefinaud a découvert que le rendez-vous est donc à 15 h au centre Pompidou.

(P. 70) **Aspirateur, tu fais un malheur**
L'aspirateur qui contient les fausses pâtes de verre se trouve entre le mur et l'armoire derrière le lit en désordre de l'affreux trafiquant.

(P. 72) **Chasse à la grenouille à Sarralbe**
La grenouille se cache la tête en bas dans les vêtements et les jambes des jeunes « pourchasseurs » à droite de la file d'enfants.

(P. 74) **À Saint-Quirin on s'en lave les mains**
Le très grand tube de pommade pour les mains est couché derrière le muret qui borde la fontaine miraculeuse.

Vosges – 88

(P. 76) **Bon réflexe à Contrex**
La malotru est bien sûr l'affreux bonhomme qui porte la valise où sont collées toutes ces étiquettes de villes où il a perpétré ses méfaits : Paris, Rome,... et que sais-je encore. Mais Lefinaud a vite fait de mettre fin à ses magouilles.

(P. 78) **À Épinal, on cherche le chat botté**
Le malicieux chat botté vous tend la jambe derrière un chalet du marché de Noël, tout à fait à gauche.

(P. 80) **Il faut du génie pour trouver le Bailli**
Le bailli est planté la tête en bas dans le sapin sur la place des Vosges tout à droite.

(P. 82) **Rambervillers, la tête de veau se fait enlever**
La tête de veau se trouve tout simplement dans la vitrine du magasin à droite.

(P. 84) **À Relanges, tout s'arrange**
La part de tarte, une belle part qui a été oubliée derrière les arbres sur la droite.

(P. 86) **Ça ronchonne à Senones**
Le poisson qui s'est évadé de son blason frétille de toutes ses écailles derrière un des gardes de Salm à gauche de l'image.

(P. 88) **Allez donc à Saint-Dié, c'est pas sorcier**
L'affreux Férigolo se cache dans la foule à droite de l'image devant la haie qui n'est pas bien taillée.

Les villes qui manquent sur la carte de la Lorraine

Thorey-Lyautey
se trouve à quelques
kilomètres de Vézelise
au sud de Nancy.

Boucq
est situé au nord
de Toul près de Lucey.

Rupt-aux-Nonains
est au sud de Bar-le-Duc

Gombervaux
se situe à côté
de Vaucouleurs

Azannes
est entre Verdun
et Longuyon.

Relanges
lui est au sud-est
de Contrexéville
et au nord de
Monthureux-sur-Saône.

Sarralbe
est au sud
de Sarreguemines
à la limite du Bas-Rhin.

Mont-devant-Sassey
se trouve entre Dun
et Stenay au nord ouest
de Verdun.

Aumetz
est situé au sud ouest
de Longwy
et au nord-est
de Thionville.

Crusnes est au sud
de Villerupt à quelques
kilomètres au nord ouest
de Aumetz.

2015, Les Éditions du Quotidien
34, rue du Wacken
67000 Strasbourg

Tél. 03 87 34 19 79
www.lelivrechezvous.fr

Graphisme : Sylvie Urbain

ISBN : 978-2-37164-061-0

Achevé d'imprimer pour le compte de **GRLi** 03.89.64.55.10

Dépôt légal : premier trimestre 2016